설렘 없는 삶은
저리 가라

설경 김영월 제14집

설렘 없는 삶은 저리 가라

2026년 3월 31일 초판 1쇄 인쇄 발행

지은이   김영월
펴낸이   박종래
펴낸곳   도서출판 명성서림

등록번호   301-2014-013
주소   04625 서울시 중구 필동로 6 (2, 3층)
대표전화   02)2277-2800
팩스   02)2277-8945
이메일   msprint8944@naver.com

값 12,000원
ISBN 979-11-7439-109-4

설렘 없는 삶은 저리 가라

설경 김영월 제14집

봄이면 꽃바다에 빠져 나비처럼 날아다니고 싶고 여름이면 바다의 교향악에 귀 기울이며 머언 수평선을 바라본다. 가을이면 조명등처럼 울긋불긋 밝혀지는 단풍 숲에 넋을 빼앗긴다. 겨울이면 설경이 펼치는 고요한 동화의 나라에 발자국을 남기며 어디론가 떠나는 겨울 나그네가 되고 싶다. 비발디의 사계처럼 되풀이되는 계절을 살아내며 언제나 워즈워드의 싯구처럼 '무지개를 바라보면 내 가슴은 뛰노라'하는 설렘 속에 나의 살아 있음을 확인한다. 나이 들수록 설렘이 멀어지는 삶을 경계한다.

세계 테마기행이라는 텔레비전 프로에서 아이슬란드의 유명한 폭포 앞에서 열심히 사진을 찍으며 즐거워하는 80대 할머니가 보인다. 그녀는 이스라엘에서 왔다고 하며 평생 자신의 버킷리스트가 가족과 함께 이곳에 여행 오는 것이라 했다. 할머니의 표정은 마치 해맑간 여덟 살 소녀처럼 순수한 감성이 흘러넘쳤다.

자연과 여행, 역사, 영화을 비롯한 예술작품, 그리고 신앙 속에 샘솟는 영감을 부족한 어휘로 토해내고자 하는 열정으로 다시 언어의 집을 지어 독자에게 가만히 배달한다.

차 례

설렘 1

설렘 2

설렘 3

설렘 4

설렘 1

설렘으로

설날 귀성객들은 저마다
선물꾸러미를 들고
기차역이나 버스 터미널에서
고향을 찾아 부모님 만나 뵐 생각으로
설렘이 가득하다
공항을 빠져나가는
수많은 여행객들
낯선 나라 관광지를 찾는 기쁨
설렘으로 부풀어 오른다
약속 시간을 잡아두고
카페로 향하는 연인들의 가슴
두근두근 설레는 마음
가눌 길 없다

주어진 매일의 일상
감격으로 살아내다가
머잖아 이 세상 무대 끝나고
임종에 이른 나의 마지막
하늘에 계신 예수님 만날 생각
설렘으로 마냥 벅차오르리라

볕살 카페

산길 걷다가 양지바른
소나무 뿌리에 걸터앉아
볕살 바리스타를 만난다
포근한 한 줌의 차
가만히 마시고 있으면
옆에 있던 친구들이 다가온다
언덕빼기에 흰 머리칼 쓰다듬고 있는 억새
가랑잎으로 변한 이파리를 달고 서 있는
늙은 참나무
지나간 푸르른 날이 그립다는 듯
바람결에 몸을 흔든다

나는 지금, 홀가분한 지금 이 때가
가장 좋다고 속삭여 준다

고요함에 갇히다

북한강은 하얀 마스크를 쓰고
입을 다문다
강변에 늘어선 버드나무
삐쩍 마른 팔을 늘어뜨리고
가만히 숨죽인다
붉은 머리 오목눈이 새들
집을 떠나 어디에 숨어 있는지
폐허로 변한 마른 갈대숲만
흐느낀다
운길산도 의젓함을 잃지 않으려고
심술궂은 바람결에도
헛기침 한 번 하지 않는다

햇살 아래 강변 벤치에 앉아
나는 고요함에 갇혀
빠져나오지 못한다

담장에 기대어

산책길에 바람은 불어대고
몸은 움츠려드는 데
축대 쌓은 담장에
햇볕이 부른다
나도 몰래 따스함에 이끌려
담장에 기댄 채
눈을 감는다
겨울날의 어린 시절
시골 방안은 냉골인 탓에
바깥 뒤란으로 나오면
햇볕이 포근하여
친구가 돼 준다

세상살이 힘들고 팍팍할 때
누군가 양지바른 담장처럼
기댈 수 있는 사람이
그리워진다

첫눈

창밖에 추억의 꽃잎이 흩날린다
여기를 지우고 지난 아늑한 세계로 초대받는다
각박한 생존경쟁도 없고
전쟁의 공포도 없고
복잡한 도시 문명이 사라진다
다 벗고 초라하던 나뭇가지들
우아한 공주가 된 옷차림이다
화사한 봄날
팝콘처럼 팡팡 터지던 벚꽃의 행렬로
눈꽃 세상이 된다
스산하던 세상
한순간에 마법의 성으로 바뀌고
첫눈, 내게 그날의 연인처럼
손목 꼭 잡고
데이트하잔다

새해 달력

은행에서 새해 달력
한 개씩 받아 들고
작년 연말에도 그러했듯
사람마다 옆구리에 끼고
길거리를 지나간다
새해 달력이란 선물
다시 살아갈 수 있다는 설렘
산 자들의 축복이다
올 한 해를 못 넘기고
하늘나라에 간 주변 사람들
마음속에 스쳐 간다

365일
어느새 후다닥 지나간다 해도
내년에도 어김없이
새 달력 받아들고
힘차게 살아갈 수 있기를

겨울 삽화

뼈대가 드러날 때까지
거짓의 옷을 벗고
네 자신과 마주 서라 한다
그동안 달려온 삶
노년에 이르러 천천히 가라 한다
두 가지 세 가지 일을
하나로 줄이고
나목처럼 단순하게 살라 한다
찬 공기를 가르며 철새들
하늘 높이 나르고
대궁만 남은 키 큰 갈대들
바람을 향해 잿빛 머리칼을 날릴 뿐
햇살도 점점 힘을 잃어 간다

겨울 풍경 앞에 서면
모두 침묵 속으로
가라앉고 만다

침묵

겨울은 명상에 잠긴다
산야도 입을 다물고
나무들도 성자처럼 기도 중이다
잿빛 구름 사이로 햇살도
헤어진 연인의 입가에 떠오르던
희미한 미소를 짓고
얼음에 갇힌 계곡은
적막이 자리한다

하루도 조용할 날 없는
인간 사회
겨울은 내게
침묵하는 법을 배우라 한다

폐철교

북한강 폐철교 다리
젊은이들의 힘찬 자전거 페달이 지나간다
건너편 양평대교엔
차량들이 질주한다
전철도 레일 위를 미끄러지듯
건너간다
강물은 소리 없이 다리밑을 흘러가고
물오리들은 추위를 벗삼아
끈질긴 생명의 강을 건너 간다

이 세상에서 저 세상으로
건너가는 듯한
강물 위 다리를
오늘 하루만큼 나도
한발 한발 건너 간다

볕바라기

장미 화단 산책로 턱받이에
오순도순 앉아
볕바라기하는 할머니들
전선줄에 일렬로 앉아 있는
참새들처럼 멍한 표정이다
인생의 종착역이 가까운 정류장에서
겨울 햇볕 한줌이라도 더 마시며
이 순간을 즐기고 싶은 것

시들어 빠진 장미들
화려했던 지난 날이 언제인 듯
할머니들의 애기를 엿듣고 있다

고요함에 대하여

죽기 전까지
고요함은 없다

산다는 것은
소음의 연속이다

현대인은
소음의 감옥에 갇혀
출구를 모른다

겨울
나목의 숲에 들어서면
비로소
고요가 슬며시 얼굴을 내민다

한 해를 보내며

마라톤 선수가 마지막 결승선을 앞둔 채
직전에서 넘어지면
얼마나 안타까우랴
금년 한 해의 연말연시를 남겨 두고
세상을 떠나는 사람들의 장례식장에 다녀오면
무사히 살아냈구나
안도감이 찾아 온다
느닷없는 사건 사고가 기다리는
지상의 길, 하늘길도 물길도
안전한 데가 없다
비행기 참사를 일으킨
공중의 새 떼도 무섭다

벽에 새해 달력을 다시 걸며
그저 감사한 마음뿐

기운 넘치는 발걸음

붉은 말이 땅을 박차고 뛰어오르는
병오년 새해
동녘 하늘에 솟아난 눈부신 햇살
한 송이 축하의 꽃송이로
내게 다가온다
어찌 두 손 모아
벅찬 가슴을 억누를 수 있으랴

다시 선물로 주어진 한 해
지금 살아 있다는 것
그 감사의 노래를 부르라

겨울 해

인고의 시간을 보내고 있는
나목의 숲에 들어 선다
다람쥐 한 마리도
들고양이 한 마리도
얼씬하지 않는데
나도 외로운 나무 한 그루이다
눈 그친 하늘에서 잿빛 구름 사이로
해가 얼굴을 내민다 그리고
해가 나를 향해 다정한 눈빛으로
말을 건넨다
만물을 비추는 해가
오직 나만의 해가 된 듯

광활한 우주 저 멀리서
오로지 나를 만나기 위해 달려 온 님처럼
해는 나를 보듬고
나는 해를 바라보고

라르고의 시간

겨울 숲에 앉아
커피 한 잔
보온병에서 따라 마시는데
시린 밤을 보낸 나무들
앙상한 가지를 흔들며

따스한 커피향이 부러운 듯
함께 할 수 없느냐고
외로운 눈빛
가만히 보낸다

겨울 강변에서

떠들썩한 한 바탕 공연이 끝나고
적막감 흐른다
강물도 발길을 멈추고
갈대밭은 관절 부딪는 소리내며
선 채로 미라가 된다
영하의 추위에 관객들 보이지 않고
나 홀로 강변길 걷노라면
얼음에 갇힌 강물의 한 귀퉁이
물오리들은 어찌할 바 모르고
앙상한 나뭇가지 위에서
먹이를 찾는 새 가족
후루룩 날아간다

나의 달려갈 길
이제 종점 가까이 이르러
내 마음도 겨울 강변에 묻는다

소일거리

도봉산 탐방로 가는 길
양지바른 곳에 비닐 천막을 치고
어르신들의 장기판이 한창이다
가만히 옆에 서서 구경하는 분도 있고
그냥 벤치에 앉아
멀거니 행인들을 바라보는 분들
집에 있기는 심심하고
지루한 시간을 피해
한 명 두 명 모여든 그들

가로수 밑에 옹기종기 쌓였던 가랑잎들
한줄기 바람결에 외마디 비명을 지르며
아스팔트 위를 굴러갈 때
길거리 경로당의 시간도
가랑잎 되어 어디론가
데굴데굴 헤매인다

설경 속으로

침묵이 흐르는 겨울 숲
무슨 잔칫날처럼 하얀 눈송이
함성 속에 쏟아져 내려
동화 나라로 초대받는다
앙상한 몰골 덮어 주듯
하얀 드레스 차림의 나목들
모처럼 설날의 축제를 즐긴다
인고의 세월
얼마 남지 않았다는 듯
가만가만 속삭인다
배고픈 산새들
가지에 앉아 먹을 것인냥
눈송이를 쪼아댄다

시끄러운 인간 세상
잠시 벗어나
설경 속에 멍 때리기를 한다

희수를 맞으며

설날이 오고 다시 주어지는
나이 한 살에 희수라는 팻말
어느새 여기까지 달려왔는지
스스로 놀랍긴 하지만
인생 나그네 길
끝난다기보다 오히려
더 좋은 하늘 나라로 가게 되니
기뻐할 일 아닌가
폭설이 쏟아지고
한 폭의 설경이 펼쳐지는 산야
고목 등걸에 쌓인 눈
한 송이 꽃으로 피어나듯

내가 늙어 가는 것
여기까지 살아낸 것
얼마나 감사하여라

교통사고

20여 년 동행한 늙은 말
갑자기 그만 살고 싶었는지
도로변 방음벽에 목을 매달아
스스로 안식을 찾았다
주인 내외는 살게 하고
저 혼자
먼 길을 떠난
충성스런 그대
처참한 몰골 앞에
조의를 표하며
장례식을 치루어 주었다

나의 사랑하는 애마여
그동안 고단했던 생애
부디 하늘나라에서
편히 영면하기를

삶의 이벤트

명절 때나 무슨 날의 특별 행사
고객을 몰려들게 하는
유통업체의 상술은 계속된다

다람쥐 쳇바퀴 돌듯하는
지루한 일상
때론 후다닥 벗어나 여행을 떠나든
작더라도 무슨 이벤트를 마련하면
삶의 활력소가 된다

언제 시간이 가는 줄 모르게
하루하루
만족감이 꽃피는 삶을
스스로에게 선물하며
살아내고 싶다

약자의 삶

초원의 아침이 밝아 오면
순한 눈망울을 굴리며
임팔라 무리가 한 데 모여
풀을 뜯는다
식사하는 동안에도
마음 편히 지내지 못하고
사방을 두리번거리며
언제라도 달아날 준비를 해야 한다
치타 한 마리가 풀 섶에서
불쑥 나타나
어린 새끼 한 마리를 덮친다

소중한 목숨이 한순간에 끝장이 나듯
약자들은 조심조심 살아가지 않으면
하루하루의 무사함이 결코
보장되지 않는다

내게 닥친 일 아니면

내가 입원하여 환자 생활을 해보지 않으면
코에 산소호흡기를 쓰고 있거나
소변줄을 끼고 기저귀를 차고
침대에서 누워 지내는 일
별로 실감이 안 간다
전세 기한이 차서 이사해야 하거나
월세 지급일이 다가오거나
은행 이자를 꼬박꼬박 내야 하는 일
전기 수도 요금 같은 공과금 내는 일
매월 적자 가계를 메꾸는 일
불안한 삶을 감출 수 없다
지구촌의 전쟁 중인 나라에서
포탄이 떨어져 집이 무너지고
사상자가 무더기로 발생하는 일
당사자들의 울부짖음이 들리지 않는다

내게 닥친 일이 아니면
어떤 크고 작은 고통도
한 줄기 바람처럼 그냥
스쳐지나가 버린다

겨울 하늘 아래

앙상한 가지들이 실핏줄로 드러난
시린 하늘
구름 한 점 보이지 않고
모나리자 얼굴 같은
외로움만 스친다
인고의 강을 건너고 있는
나목의 숲
입술 한 번 뻥끗하지 않은 채
서로를 다독거린다
산새들은 심심해서 못 견디겠다는 듯
괜히 가지 사이를 오간다

고요함에 갇혀
몍을 감고 나면
이제 도시의 소음이 다시
그리워지는 건 왜일까

겨울나무

무성한 초록의 날개옷
꽃과 열매의 노래
다 벗어 버렸다
바람은 무시로 가슴에 안기고
햇살은 맨몸에 비누거품처럼
흘러내린다
양지 바른 도봉산 능선
바위에 몸을 기대고 누워
한 마리 다람쥐인양
햇볕을 오물거린다

이제 한 그루의 나목으로 돌아가
찌든 마음을 벗어 버리고
가지 끝 까마귀 우짖는 소리에
귀를 기울인다

빛

- 광복절 80주년

가까스로 다시 찾은 빛
강산이 어느새 여덟 번 바뀌고
나의 인생 여정도
황혼녘에 이르렀다
그동안 대한민국 땅에 태어나
어려운 고비 잘 넘기고
어둠의 터널을 지나
세계가 부러워하는 나라
한국인으로 살았다
한반도 오천여년 역사를 통해
가장 찬란한 빛의 시대
평화와 번영 속에서
행복을 누렸다

하느님이 우리나라를 보우하사
이토록 복 받는 나라를 만들어 주셨으니
동방의 등불이 되리라는 타골의 에언
영원히 꺼지지 않는
빛의 나라를 위해
기도하리라

설렘 2

한강

강물의 표정은 윤슬이다
햇살 보석을 담고
반짝반짝 웃는다
결코 화내는 법이 없다
고가 도로 위 전철의 소음
강변 아파트 공사 현장의 크레인 타워
우뚝우뚝 솟은 빌딩과 아파트 숲
강물은 의젓함을 잃지 않는다

배고픈 가마우찌가 물구나무 자세로
강물 깊이 다이빙해도
아무 일 없다는 듯
수도 서울의 평화로움을 실어 나른다

윤슬

흐르는 물도 보석이 될 수 있구나
햇볕을 받아 반짝반짝 빛나는
영롱한 속삭임
젊은 날
사랑했던 여인의 눈빛보다
감미롭다
어느 가난한 시인은 물 위에 떠있는
윤슬을 걷어다 보석 목걸이 만들어
어머니 목에 걸어드리고 싶다고 했다

반복 되는 단조로운 일상의 삶에서
윤슬 같은 감사와 의미를 내가
건져낼 수 있었으면

봄은 틈새로 온다

비좁은 돌담 틈새로 고개를 내민
파란 싹이 올라 온다
갓 태어난 새끼 양
어미 젖을 빨 듯
녀석은 햇볕을 냠냠거린다
쌀쌀한 바람결 사이에
부드러운 감촉이 느껴지고
앙다문 계곡의 두꺼운 얼음장 밑으로
졸졸거리는 물줄기
보이지 않는 틈새를 타고
봄은 살금살금 다가 온다

사노라면 꽉 막힌 가슴
아무리 답답할지라도
바늘구멍 같은 틈새로
다시 숨쉴 기력을 얻는다

봄날의 꽃 폭죽

봄이 오면 뭇 꽃들
겨우내 쌓여 있던 마그마를
한꺼번에 분출 시킨다
매화 개나리 산수유
목련 벚꽃 살구꽃
그들은 꽃 폭죽으로
산야를 수 놓는다

나도 일생에 단 한 번
가슴 속 쌓인 마그마
시원하게 터트리고
화려한 불꽃 공중에
사그러지듯 떠나고 싶다

신록 앞에서

봄날의 무대는
초록 미녀들의 패션쇼이다

햇살에 반짝이는 강물의
윤슬이다

인고의 시간을 이겨낸
기쁨의 함성이다

지금 이 순간 살아 있음의
가슴 벅찬 선물이다

꽃샘추위

아파트 정원에 살구나무 꽃이 환하다
그 동안 먼 데 여행에서 돌아온 듯한
가지마다 행복한 속삭임이다
맑은 하늘 따스한 햇볕의 축하도 잠시일 뿐
하늘에서 갑자기 비가 뿌리더니
다시 눈보라가 휘몰아친다
쌀쌀한 바람결에 눈송이가 다시 우박으로 내리고
어느새 장난치듯 햇볕이 난다

변덕스런 날씨에도 살구꽃
고운 미소를 잃지 않고
새봄의 힘찬 행진곡을 부른다

진달래꽃

거무칙칙한 숲
갑자기 환히 켜진
붉은 색등
아무도 반겨주지 않지만
나목의 숲을 깨운다

가난한 청춘 시절
어두운 자취방에 돌아와
벽면의 전기 스위치를 켤 때
진달래 꽃송이
그런 마음으로
나를 향해 빙긋 웃는다

행복

오월의 싱그러움 속에
가정의 달 맞이하고
즐거운 웃음꽃을 피워내며
하루하루가 모여서
일생이 되는 삶
그 끝에 장미 백합으로 피어난
눈부신 날을 기다리기보다
소소한 꽃송이들 모여
안개꽃 다발이 되듯
작은 행복에 감사하며

오늘 하루, 지금 이순간을 놓치지 않고
기쁨으로 살아내게 하소서

낙화

바람결에 외마디 비명도 지르지 않는다
그냥 잠시 왔다가 떠날 뿐이다
내 어깨에도 머리 위에도 꽃잎이
살포시 내린다
가끔 심술궂은 바람결에
그들은 소스라치기도 한다
구석진 벤치 다리 밑에 한 무더기
옹기종기 쌓여 있다
사월의 에메랄드빛 하늘엔
벚꽃 같은 구름 한 점 떠 있다

나도 이 세상을 마감하는 때
꽃비 내리듯
한 폭의 그림이 되고 싶다

일용할 양식

아내가 열심히 들여다보는 마트 전단지
아주 꼼꼼하게 요일별로 일자별로 세일 중인
야채 과일 생선 목록
내가 문학 서적을 읽듯
정독하고 메모한다
가난한 식탁을 메꾸어 줄
일용할 반찬거리

너희는 무엇을 먹을까 염려하지 말라는
거룩한 분의 말씀에도
서민들의 일상생활
너무나 소중한, 소중한
한 끼의 일용할 양식을 위한 순례길

하루의 꽃

동녘 하늘에 다시 피어오르는
새날의 꽃
평생 마주했고
세상 떠난 뒤에도 지칠 줄 모르고
나의 희로애락에 무관하게
피어나는 꽃
오늘
저 꽃을 바라보지 못하고
영영 사라져 간 수많은 사람들
그들 앞에 나는
선택받은 삶
오직 감사한 마음 간직한 채
일상의 소중한 삶
기쁨으로 누릴 뿐

봄날

수줍은 매화꽃 옆에 피어난
백목련 함박웃음인데
개나리꽃은 깔깔거린다
배고픈 벌들은 부지런히
꽃송이에 얼굴을 묻고
윙윙거린다

할아버지 한 분
내 곁을 찡그리며 지나간다
왜냐고 여쭈었더니
할멈하고 크게 싸웠단다

봄꽃들은 웃고
사람들은 싸우고

봄비

첫아기의 울음소리로
신록은 다가온다
라일락 꽃
그리움의 향기 접고
이제 땅위에서 젖고 있다
생명을 깨우는 빗줄기
산야를 건반으로
경쾌한 피아노 연주를 한다

비 멍을 하던 내 가슴의 대지에도
마침내
여린 새싹 슬그머니
얼굴을 내민다

청자빛 하늘 아래

햇빛이 금싸라기로 쏟아진다
눈을 들어 하늘을 보면
그 많던 잿빛 구름
어디로 사라지고
티끌 한 점 없다
하늘 멍하고 있으면
마음 하늘도 청자빛이 된다

잡다한 생각의 구름
모두 흩어지고
오직 하나의 빛으로
고요해지고 싶다

바다의 교향악

해변 기슭을 향해
허연 이빨을 드러내며 바다가
포효할 때
최고의 야성미가 넘친다
아무런 숨김없이 솔직하게
자신의 야욕을 보여 준다
그것은 난폭하기 보다는
자연의 순리에 충실한 것
나는 아무 것도 두려워하지 않는다
나는 자유다

바다가 연주하는 교향악을 들으며
동해안 솔 숲길을
세찬 바람결에 거닐 때
우산 살 부러지듯 내 마음도
확 열린다

나 좀 봐주세요

봄꽃들의 행렬이 계속된다
눈부신 벚꽃에만 취해
바람결에 날리는 꽃잎만을
아쉬워 하는데
주변에 있는 꽃들
아우성친다
나 좀 봐 주세요
철쭉꽃이 요염한 얼굴로 웃고
조팝나무꽃이 뻥튀김으로 소리 지르고
박태기꽃이 화려한 옷차림으로 손짓하고
보이지도 않는 민들레
풀섶에서 훌쩍거린다

사람 꽃도 차별 말고 서로
눈길을 주라 한다

생명의 노래

봄이여 소리내어 부르면
얼어붙은 계곡 화들짝
잠에서 깨어나 콸콸콸
소리내어 합창한다

바람이여 소리내어 부르면
북풍한설 쫓아내고
포근한 미소로
살랑살랑 불어온다

꽃이여 소리내어 부르면
어느새 딱딱한 가지를 찢고
눈부신 벚꽃 송이송이
얼굴을 내민다

죽음이여 소리내어 부르면
무덤 속 갇혀 있던 주님
사흘만에 새 생명 주시려고
승리의 발걸음으로 나타나신다

인간의 특권

나목의 숲에 까치들이 햇살을 쪼아대고
파란 하늘에 구름이 느릿느릿 흘러 간다
병풍처럼 뻗어나간 능선을 거느린
산들의 표정은 언제나 여유롭다

자연은 벤치에 앉아 차를 마시며
평화로운 경치를 감상하는 나를
부러운 듯 바라보고 있다

수다 떨기

분위기 있는 전통찻집 하나 생기더니
그만 대박이 났다
앉을 자리가 부족하여
대기해야 한다
대화에 목마른 사람들
삼삼오오 모여 앉아 얘기꽃을 피우며
모두 행복한 표정이 넘친다
여인들의 수다는 새 떼처럼 날아다니며
찻집을 들썩거린다

통유리 창 너머
도봉산 만장봉 아저씨
빙그레 웃으며
귀 기울이고 있다

오월, 그 초록 앞에서

부슬부슬 내리는 빗줄기
초록이 젖고
활짝 핀 철쭉꽃
무너져 내린다
나뭇가지의 이파리들
초록 빛깔 더욱 선명해지고
궁전 같은 숲이 된다

오월이 속삭이는 초록 언어
욕심을 버리고
맑고 순수한대로
한 세상 잘 살라 한다

벚꽃 궁전

날씨가 활짝 피고
봄꽃이 활짝 웃는다
한강물도 바람결 타고
어깨춤 추며 흘러 간다
벚꽃 터널을 걸으며
가끔은 동화의 세계 속으로
아니면 돈키호테처럼 이룰 수 없는 사랑을 하고
잡을 수 없는 하늘의 별을 잡고 싶다

봄날의 무대에서
오늘 하루 가슴 속에
환한 벚꽃의 흰 빛
찰랑찰랑 댄다

천년의 은행나무

- 용문사

천년이 넘은 연세에도
다시 오월의 하늘 아래
신록의 풋풋함
더욱 의젓하고 품격이 넘친다

기껏 100년 살면 끝나고 마는
유한한 인생
어르신 나무 앞에
고갤 숙인다

천년 사직을 잃은 슬픔을 안고
산속으로 숨어 버린 마의태자
흥망성쇠의 덧없음을
깨달으라 한다

나도 인생의 황혼 녘에 이르러
하늘 향해 높이 솟은
거목의 으젓함 앞에
옷깃을 여민다

사람 꽃

할머니 한 분이 도로변 화단에 앉아
앞가슴에 손주를 안고
잠재우고 있다
아기는 세상모르고
우주 같은 할머니 품에서
달콤한 꿈나라로 날아간다

자나 가던 노부부
발걸음을 멈추고 나란히
아기의 천사 같은 얼굴
오래 들여다보며 사람꽃이
이리 예쁜지
감탄의 미소를 짓는다

서오릉

- 경기도 고양시

단풍잎 마지막 선혈을 흘리는데
서녘 하늘에 기우는 해
다시 낙엽처럼 쌓여가는 시간
조선시대를 호령하던
숙종과 왕비들의 안식처에
침묵만 흐른다
서오릉에 끼지도 못하고
한쪽 귀퉁이에 발붙인 장희빈의
묘소 앞에 발길이 머문다

여인의 질투가 얼마나 무서운지
세상 사람들아
부디 알고 살라
그녀는 아직도 지하에서
통곡하는 게 아닐까

왕궁리 유적지

- 익산 금마면

깊은 산속 마를 캐어 팔던
백제의 떠꺽머리 총각
마침내 신라 왕실의 공주를 만나
오르지 못할 나무를 올랐네
마지막 백제 부흥의 꿈을 이루려
익산 넓은 터에 수도를 옮겨
거대한 왕궁을 지었다네

1400여년 전의 국가 패망의 한
자취만 남은 궁궐터를 거닐며
왕의 못 다 이룬 야망
5층 석탑에 비껴가는
석양빛이 서러워라

홍유릉

재실 안 낡은 툇마루
겨울 햇살이 자리 잡고 앉아
나를 반긴다
가만히 옆자리에 앉아 스르르
눈을 감는다
지나간 세월 속에
명멸한 역사의 주인공들
죽어서도 위엄이 넘치는 나랏님께
머리를 조아린다
제사를 모실 때마다 떠들썩하던 그들
모두 어디로 가고 침묵만 흐른다

햇살은 나를 감싸며
지금 이 시대를 살아가는 것
얼마나 감사한 일인가를 깨닫고
덧없는 삶
즐기며 살다가 바람처럼
사라져 가라 한다

도봉산 만장봉

자고 나면 베란다 창문에서
눈맞춤하는 만장봉
묵은 해가 가고
다시 새해가 밝아와도
오랜 벗처럼 거기 있다
인간 세상은 하루도 조용할 날 없이
소용돌이치며 흐르는데
나다니엘 호손의 큰 바위얼굴인 듯
언제나 넉넉한 모습

어김없이 가고 오는 세월 속에
저물녘 다가오는 나그네길 인생
가만히 바라보며
건네주는 위로의 메시지
가슴에 담는다

수락산

- 천상병 시인의 숲길

가난이 직업이라는 시인
수락산 계곡 길을 걸으며
봄빛 속에 만난다
막걸리 한 잔에
오이 한 개로 끼니를 때워도
찻집 경영을 하는 아내 덕분에
행복하다는
얼음 녹아 흐르는 물소리처럼
맑은 시어들

이 세상 소풍 끝나는 날
하늘나라에 가서 아름다웠더라고
말하겠다는 시인
천연기념물 같은 시인 앞에
내 마음의 때를 생각한다

청령포

- 강원도 영월

청령포에 가면
파아란, 파아란 울음 소리
날이면 날마다
노산대에 앉아
한양 땅을 바라보며
왕이 쏟은 눈물
망향탑을 쌓으며
헤어진 왕비를 목 놓아 부를 때
강물은 더욱 세차게 흘러
가슴에 차오른 한을 삼켰다
산 너머 해가 지는데
관음송을 가운데 두고
그날의 소나무들
아직도 묵념에 잠겨 있다

청령포에 가면
파아란, 파아란 울음 소리

설렘 3

한여름 속에서

텃밭의 농작물
목마르다고 아우성치는데
벌레 사냥에 바쁜
잠자리 떼들은 아랑곳하지 않는다
건너편
도봉산 만장봉은 맨살을 드러내놓고
땀 한 방울도 흘리지 않은 채
꼼짝도 않는다
초록의 숲은 이를 악물고
더욱 사납게 짙푸르러 간다

계곡의 왜가리 한 마리
긴 목을 곧추세우며
오직 살아내야 하는 생명의
경건한 자세이다

여름밤

대낮의 폭염에 시달린 심신
시원한 바람결이 매만져 주고
맑은 하늘엔 별들이 반긴다
산책길 벤치에 앉아
눈을 감으면
아득한 여름밤의 추억이 떠오른다
저녁을 일찍 먹고 아내와 두 아이들
도망치듯 밖으로 나와
주택가 으슥한 길바닥에 돗자릴 펴고
하늘을 바라보았지
밤 이슥하여 땀을 식힌 뒤
집으로 돌아갈 무렵 하늘의 별들이
지상으로 내려와
우리 네 식구와 어깨동무하며
함께 걸었지

이제 고희 고개를 넘어선 길목
아이들은 어느새 깜빡이는 별빛이 되어
세월 속 저만큼 희미해져 간다

나, 풍경이 되어

전철 타고 한 시간쯤 달려와
두물머리 생태공원에 홀로 앉아
풍경 속으로 들어간다
유월의 마지막 날
초록 바다가 펼쳐진 채
왜가리 날개짓 하는 여유로움이
평화롭다
장마가 오락가락하는 하늘엔
구름 떼가 무슨 모의를 하는지
수시로 모이고 흩어진다

고요한 이곳에서 평생 달려온
나라는 존재
수줍은 망초꽃 한 송이로 바람에
흔들린다.

박수근 옛집 터

- 동대문구 창신동

벼룩시장 터에 오면
먹고 사는 일 한가지로
서민들의 활기가 넘친다
싸구려 중고 생활용품이면 어떠랴
옷가게 공구점 주방용품 책방 국밥집
모두 떠들썩하다
가난 속에서도 희망을 안고
착하게 살아가는 이웃들
박수근 화백의 붓놀림에
아기를 업은 소녀도 보이고
추운 날씨에 헐벗은 나무처럼
광주리를 머리에 이고
행상을 나가는 아낙네들
저만치 종종걸음치며 가고 있다

가난한 그 시절따라 화백의 옛집을 찾으니
양평 해장국집으로 탈바꿈하고
도시가스관에 누군가 낙서하듯
그가 살던 집터라고 써놓았다

도시의 일상

장맛비가 주룩주룩 쏟아지는 금요일 오후
퇴근 시각이 가까워지면
도로 위에 차량들이 더욱 사나워진다
빗물이 차바퀴에 으깨어져 비명을 지르는데도
하늘에선 아랑곳없이 빗줄기를 퍼붓는다
우산도 없이 달리는 택배 기사들
오토바이가 차량들 사이를 곡예하듯
빠져나간다

나이아가라 폭포처럼 일상은 숨가쁘게
하루의 무대를 마감하며
무표정으로 흘러간다

장미축제

- 서울 중랑구 뚝방

해마다 오월이면 장미는 피어나고
사람들을 축제로 불러 모으네
저마다 고운 빛깔로 단장하고
무대 위로 걸어 나오네
꽃송이들보다 많은 인파
웃음꽃 피오며 둥둥 떠 가네

설렘 없는 삶은 저리 가라는 듯
축제 없이 못 산다고
장미여 더욱 살맛 나는
세상을 만들어 달라고
사람들의 행복한 표정
꽃으로 피어나네

맥아더 장군

자유공원에 우뚝 서 있는
인천 상륙 작전의 주인공
하마터면 전쟁의 위기 속에 끝나버릴
대한민국의 운명을 구원한 영웅
세계 유일의 분단국가로 남아 있지만
75년 만에 폐허에서 피어난
눈부신 발전을 이룬 나라의 기적을 축하하듯
그날의 출렁이는 인천 앞바다
월미도 바다 열차를 타며
유람선의 고동 소리
바다를 가로지른 서해대교
영종도의 아파트 숲

평화와 번영의 대한민국이여
영원하라

늙는다는 것

비온 뒤 산책로에 깔린
살구나무 풋열매들
아깝게 버림받은 그들
비명 한 번 못 지르고 그냥
운명이라 여긴다

뉴스 때마다 사건사고로
죽어가는 많은 사람들
병석에 눕지 않아도 그들은
안타깝게 세상을 등진다

오늘의 위험사회에서
제 수명을 누리고
늙어가는 사람들
얼마나 행복한 일인가

여우 사냥

명성황후는 눈을 부릅뜨고
일제의 낭인들을 향해
쩌릉쩌릉한 목소리로
궁녀들의 호위를 뿌리치고
당당하게 꾸짖는다

나는 조선의 국모이니라
그들은 살인마처럼 칼을 휘둘러
한 나라의 왕비를 무참하게
베어 버렸다

아, 슬프고 억울한 약소국의 비극
그날의 피비린내가 아직도
풍겨 오는 듯
일제의 만행을 결코
잊지 말라 한다

두개골의 산

- 론 뮤익 조각 전시회

무서운 인간의 두개골이 산을 이룬다
전쟁터의 산하에서 발견된
무명용사들의 유골이거나
독재자들의 폭력으로 암매장된
억울한 사람들이거나
아끼던 육신은 껍질 벗듯 사라지고
생전의 빈부귀천 지위고하도 없는
오직 평등한 인간의 마지막 조각품

움푹 패인 눈으로
동굴처럼 휑한 입을 벌려
내게 말을 건넨다
그대도 머잖아 이곳에 오리라

한 뼘의 그늘

한낮의 땡볕에 서면
숨이 컥컥 막힌다
횡단보도 건널 때
전봇대 밑 그림자도 반갑다

숲속으로 들어가면
녹음 짙은 이파리들
바람에 살랑거리며
시원한 품으로 안아 준다

살아가는 동안 팍팍한 심정
한 뼘 그늘로나마 감싸 주는
그런 사람이 되고 싶다

불볕더위

가마솥 아궁이 옆에 앉아 있듯
뜨거운 열기
숨을 헐떡이게 한다
이런 날엔 모든 움직임을 멈추고
그늘 속 매미가 되어
노래 부르면 좋을텐데

산다는 것은 멈출 수 없는 행진
도로엔 차량들이 질주하고
폐지 리어카를 끄는
힘겨운 노인네도 있다

한 줄기 바람이 불어오고
한바탕 소나기가 쏟아지기를
시들해진 나무들도
목을 빼고 있다

유월의 숲

초록 밀물 그득한
유월의 숲
애타는 뻐꾹새 울음소리만
떠다닌다
땡볕을 먹이 삼아
왕성한 식욕으로
하늘을 삼킨다

무성한 그늘에 앉아
초록의 수다에 귀 기울이며
숲 멍에 빠져든다

타히티 섬

남태평양에 쉼표처럼 찍힌
점점의 섬들
사람의 발길이 닿지 않을 듯 한 곳
갈매기 열대어 산호초, 바람
파란 하늘이 주인인 곳
전설 같은 그 섬에
원주민들의 역동력 넘치는
춤의 언어가 야자수 잎으로
흔들린다

폴 고갱이 사랑했던 섬
타 . 히 . 티 타. 히. 티 라고 부르면
우리들의 잃어버린 낙원이
거기 손짓한다

동방박사들의 심정으로

교회마다 크리스마스 트리의 불빛
싸늘한 계절의 온기를 담아
시린 가슴마다
사랑과 위로를 전하네

불안 속에 흘러간 지구촌의 한 해
전쟁의 포성 소리
화재와 폭염, 홍수
꼬리를 무는 사건 사고

유대 땅 베들레헴에 아기 예수 오심으로
어두운 세상에 소망의 불빛
사막의 모래바람 헤치고 달려온
저 동방 박사들의 심정으로
뭇 성도들의 드높은 찬양

기쁘다 구주 오셨네

베데스다 연못

예루살렘 양문 곁에 한 연못
천사가 가끔 내려와 고인 물을
움직이게 하면
병이 낫는다는 속설 때문에
온갖 절망 속 환자들
기회를 놓칠세라 다투어
물속으로 들어가네
누워 지낸 지 38년된 나
아무리 원해도
그림의 떡일 뿐
그들과의 경쟁에 밀려나고 만다네
이런 내게 웬 청년이 나타나
네가 낫고싶느냐고 묻는다
두말하면 잔소리지
불쌍한 내 신세를 비웃는 것 같다
청년은 여태 들어보지 못한
부드러운 음성으로
일어나 네 자리를 들고 걸어가라 하였네

이게 어찌된 일이랴
내가 벌떡 일어나 분명히 걸을 수 있다니
결코 꿈을 꾸고 있는 게 아니었네
이곳에 모인 뭇병자들이 두 눈을 똥그랗게 뜨고
내게 일어난 기적을 부러워 했네
가장 비참한 나
아무도 거들떠보지 않던 내게 베풀어준
그분의 백골난망의 은혜
어찌 갚을 수 있으랴

물방울

- 김창열 화백

방울방울 맺힌 그 물방울들
파리의 마굿간 화실에서
캔버스에 맺힌 그들을
오래오래 마주했다
순간,
대수롭지 않던 물방울
신이 주시는 영감으로
번쩍 번개치듯 다가왔다

바로 이것이다
물방울의 언어, 눈빛, 음성
물방울이 내게 하나의
우주가 되었다

홍수

다 휩쓸어 버린다

내 앞에 소중한 건 없다

수변에 쓰러진 나무들
그래도 악착같이 버틴 채
승리의 환호성이다

내 안에 고여 있는 욕심의 찌꺼기
거침없는 물살에
깡그리 씻어 내고 싶다

시치미 떼다

그리 퍼붓던 빗줄기
나라 안이 물난리를 당해
수재민이 집을 잃고
목숨마저 잃었다
그런데 일주일이 지난 후
먹구름이 걷히고 다시
땡볕이 내리쪼인다
언제그랬느냐는 듯
하늘은 무심하도록 파랗다

장례식이 끝난 후
조문객들은 잡담을 나누며
위주머니를 채우기 바쁘다
시치미를 떼며 모두
예측불허의 내일을 준비한다

바다야, 바다야

무더운 여름엔 바다이다
수평선 너머 불어오는
그리움으로 언제나 뒤척인다
무어라 호소하듯
해변에 와닿는 몸부림
바다를 안아주고 싶어
하늘은 더욱 가슴을 펼친다
갈매기들은 먹이 사냥이 다가 아니란 듯
근사한 바위 꼭대기에 올라앉아
지그시 눈을 감는다

세상살이가 시들해지면
바다를 찾아
바다야, 바다야 부르고 싶다

서울역에서

도시 문명은 거대한 흐름이다
수많은 차량과 인파
끊임없이 물결친다
어디론가 출발하거나
도착함으로 역 대합실
언제나 웅성거린다
이곳에 올 때마다 웬지 설레고 들뜨고
흥분된 분위기에 휩싸여
둥둥 떠내려갈 듯하다

지난 세월
얼마나 많은 곳을 오가며
여기까지 흘러왔는지
마지막 역에 이를 때까지
여행 가방을 놓치 못한다

전에 살던 곳

25년 전에 살았던 그 아파트
까마득한데 아직도
잘못 배달된 우편물들
어렵게 나를 찾아오기도 한다
왜 내게 와야 할 책자가 오지 않는지
궁금하다 보면
옛 주소로 가서 잠자고 있다

이 세상 주소지를 떠나 버린
가깝고 먼 주변의 그들
하늘나라가 좋은지 영영
소식 두절이다
나도 살아오는 동안 맺은
지상의 모든 관계
옛 주소에 묻히고 말겠지

현재의 나의 주소에 더욱
고운 정 쌓아두고
앨범 속으로 사라져야 하리

여름나기

소요산행 전철 타고
찜통더위 탈출 위해
시원한 계곡을 찾았다
우리 부부뿐만 아니라
많은 승객들의 행선지가 그러했다
이른 시각임에도
이미 졸졸 흐르는 물길 따라
피서객들로 만원이다
서로 가까이 비비고 앉아 있지만
짜증내는 사람 없다
겨우 고인 물에 발 담그고 앉아
잡담 나누며 웃음이 터지고
유행가에 몸을 흔들고
시간 가는 줄 모른다

서민들의 여름나기 풍경
그대로 한 폭의 재미 섞인
아름다운 풍속화
바로 혜원의 그림이다

도시의 비둘기

공원 벤치에 앉아 있으면
어김없이 나타나는 그들
행여나 과자 부스러기 던져 주지 않을까
이리저리 배회하며
콘크리트 바닥을 쪼아댄다
숲속 멀리 날아다니며
하늘의 구름을 뒤쫓거나
주어진 야생의 삶
그들에겐 아득한 전설이 됐을까
조나단 갈매기는 꿈을 위해
부둣가를 맴도는 삶을 뿌리치고
높이 멀리 날기 위하여
홀로 외로운 길을 택했다

나도 해 아래에만 머물지 않고
해 너머를 바라보는
헛되지 않은 삶에
눈길을 주고 싶다

소나기

갑자기 쇼팽의 피아노 소나타가
울려 퍼진다
아스팔트 위에 피아니스트의 열 손가락
빠르게 혹은 느리게 춤을 춘다
고가 다리 밑에서
피아노 연주가 끝날 때까지
귀를 기울이면
분주했던 일상
차분히 가라앉는다
하늘은 무뚝뚝한 줄만 알았는데
가끔은 이런 매력을 선물하니
그저 감사할 뿐

어느새 음악은 이 악장까지 흐르지 않고
일 악장에서 끝이 난다

생녕의 길

태평양 연안 모래밭에 바다거북들
산란을 위해 수천 킬로 달려와
모래 구덩이를 파헤치고
하얀 알을 쏟아 놓는다
대를 이어갈 생명
정성스레 덮어 감추고
어미는 다시 바다로 향한다
늦게 도착한 바다거북 한 마리
산란하다가 기진맥진한 몸을 쉬고 있는데
탐욕스런 독수리들 몰려 와
알을 훔쳐 잔치를 벌린다
심지어 어미 거북의 한쪽 눈을 쪼아대
얼굴이 피투성이인데
어미는 사력을 다해
주어진 임무를 마치고
다시 엉금엉금
바다로 향한다

한쪽 애꾸눈이 된 어미의 앞날
거센 파도에 내맡긴 채

딸아, 어디 있느냐

- 이란.미국 전쟁

잿더미 속 뒹구는 책가방들
미래를 향한 새싹들의 또랑또랑한
눈망울
그들의 꿈과 희망도
산산조각이 났다
하늘에 미사일이 도깨비불처럼
날아다니는
어른들의 알 수 없는 불꽃놀이

눈에 넣어도 아프지 않는
열 살 난 딸 아이
아무리 불러도 대답 없는데
가난한 아빠의 울부짖음
폐허가 된 학교 건물터에
피울음으로 번져 간다

설렘 4

신호등

횡단보도에 켜진 파란 불이 깜빡거린다
곧 빨간 불이 들어온다는 신호에
발걸음을 서두른다
언제 나의 파란 불도 꺼지고
빨간불이 켜질 줄 모른 채
하루하루 건너가는 인생 여정
전방에 신호등을 주시하고
무사히 건너갈 수 있기를

수원 화성

- 성곽길. 융릉과 건릉

긴 성곽길을 걷는다
정조 대왕의 꿈이 맺힌
돌담 하나하나에
그날의 이야기를 건넨다
신이 난 백성들의 구슬 땀
거중기 돌아가는 소리
모두가 하나 될 때
축성의 보람은 넘쳐났다

행궁 안에 잔치상을 벌리고
어머님을 극진히 모신
왕의 효심이여
융릉과 건릉에 함께 누운
행복한 가족
우거진 소나무 숲에
부러움의 세월이 고여 있다

절규

우리 동네 야채 가게에 가면
삐쩍 마른 아줌마
목소리가 쩌릉쩌릉 울린다
공사중인 아스팔트 도로에서
구멍 뚫는 소리와 비슷하다
가까이 가면 귓구멍이 아프다
고객들에게 한 개라도 더 팔고 싶은 마음
날카로운 송곳으로 변한다
먹고 사는 문제가 절박한 서민들
어찌 부드러운 목소리를 기대하랴

각박한 현실은 결코 시가 아니다

창경궁의 가을

- 춘당지

찬비가 부슬부슬 내리는데
연못 위엔 사랑의 밀어가 번지는
크고 작은 동심원들
물오리 한쌍
다정한 데이트를 하지만
물가의 숲은 초록을 거두고
떠나갈 준비를 서두른다

물가에 발을 멈추고
풍경의 하나 되어
가만히 물멍할 때
비에 젖는 가을의 쓸쓸함
내 가슴에도 빗방울 떨어진다

감사의 알곡으로

숲길에 후두둑 떨어지는 소리
발밑에 알밤이 밟혀
한 개 주워들면
자르르 윤기가 돈다
지난 폭염과 폭우 속에서도
나무들은 제 할 일 마치고
이제 열매를 통해
풍성한 가을을 선물한다
새파랗던 초록 들녘
황금 옷으로 갈아 입고
산들바람에 더욱 낮은 자세로
고갤 숙인다

한 해 동안
내 마음의 곳간도 얼마나
감사의 알곡으로 채워졌는지
가만히 돌아보게 한다

마알간, 마알간 가을

커튼을 열어젖힌 무대
흰 구름 몇 점만 수줍다
고추잠자리 편대
날랜 동작으로 마알간 공기를
휘젓는다
유치원 꼬마들이 잔디밭에서
까르륵거린다

정원 벤치에 앉아
고요한 풍경 속에서
마알간, 마알간 하늘로
잠적하고 싶다

억새밭

- 서울 하늘공원

은빛 파도치면
갈 하늘 더욱 그윽해지고
구름도 억새 되어
흘러 간다
억새밭 사잇길을 걸어가면
누군가 만나야 할 사람
걸어오는 듯
뭉클한 가슴

아무리 애틋한 정도
이제 끊어내고
돌아서라 소곤거린다
억새 하나하나
그리움의 언어 싣고
산들바람에 머얼리
날아가는데

명함을 정리하며

이 나이 되도록 살아 온 것
이토록 많은 사람들을 만났구나
이해관계가 있고
소중한 사람들도 있지만
그저 스쳐 지나간 사람들이
대부분이다
이제 명함 파일에 끼어
들여다볼 일 없이
먼지만 쌓여
모두 쓰레기통으로 보내야 한다
나도 누군가에게 이런 신세가 되리라

유명인이 되지 못하고
무명인으로 사라진들
한 분 한 분 고맙다고
인사를 건넨다

11월, 그 스산함 속으로

한줄기 찬 바람에 가로수 잎들
도로변에 깔리고
차량 바퀴에 으스러진다
손바닥만한 플라타너스 이파리들의 신음소리
더욱 애처럽다
동네 놀이터 나무들도 서둘러
단풍 옷 갈아입고
떠날 채비에 바쁘다
높푸른 하늘에 떠도는 조각구름들
어서 우릴 따라오라고 속삭일 때
지상의 유한한 존재의 몸짓
눈물을 삼키듯
11월의 스산함 속으로 사라진다

내 마음의 초록 나무도
이제 잎을 떨군다

나무에 노을이 내려앉네

가을엔 혼자이고 싶네
나무에 노을이 내려앉고
약간 생각에 잠긴 뒷모습
소슬바람에 몸을 맡기는
이파리들의 군무
은빛 파도로 출렁이는
억새들의 합창

더 멀어져 아득한
푸른 하늘 아래
혼자 거닐고 싶네, 가을엔

낙엽

바람에 휘날려 어디로 간다해도
괜찮아
한 세상 잘 살았으니
아무런 여한이 없지
놀라지도 두려워하지도 않겠다
바람아 불어 다오
마지막 모습
가장 고운 단풍으로
미소 짓고 싶어

지난 날의 추억
가슴에 고이 간직한 채
스산한 바람결에
홀가분한 나의 몸짓

가로수 조명등

도로변 가로수에 조명등이 켜졌다
소음과 먼지 속에서
묵묵히 지나온 한 해
모든 불평과 서운함 감추고
은은한 불빛으로
길을 밝힌다

스산한 바람결 따라
마침내 조명등이 깜빡거리고
가지의 단풍잎들
발밑에 깔리면
가는 계절의 아름답고 쓸쓸함을
알라 한다

꽃바다에 빠지다

- 남양주 물의 정원

갈 하늘 아래
노오란 웃음이 번진다
행복한 미소가 바람 타고
하늘로 비누방울 되어 올라간다

청춘의 화려한 날들
사람들의 웃음소리도
노랑 노랑 노랑
마음의 정원에 가득하다

강변에 말라붙은 갈대숲
허전한 몸짓
그들도 한 시절 잘 보내었노라고
바람결에 흔들린다

구름 추상화를 바라보며

티없이 맑은 가을 하늘
바람 화가가 하늘을 캔버스 삼아
구름 물감으로 붓질해 놓은
최고의 추상화

무슨 메시지를 전하고자
조각구름은 금방 흩어지고
검은 구름은 산봉우리에 머문다
느리게 가만가만 움직이며
명멸하기를 반복한다

사람도 사는 동안
구름 한 점 없는 마음 하늘
결코 불가능하다고
속삭인다

단풍잎의 명상

소슬바람이 불어오고
갈 길을 재촉하누나
계절의 신호등
어느새 바뀌고 파란 불이
깜빡깜빡거린다
그동안 할 일 다 마치고
충분히 잘 살았기에
미련없이 떠나지만
정든 가지와 잠깐의 작별 인사라도
나누어야 하지

이제 홀가분한 마음으로
머언 길
정처 없이 떠나기 위해
바람 열차를 기다리지
나와 함께 했던 그대들
저 하늘, 구름, 빗줄기, 바람아
고맙고 고마워
나의 마지막 유서
단풍으로 남기려 하네

해파랑길

- 부산

해파랑길 해안선 따라
바다와 발맞추어 걷는다
번거로운 사람 살이
도시의 소음
어디로 가고 파도 소리 들으며
오솔길을 걷는다
수평선 너머 불어오는 부드러운 해풍
구절초꽃 수줍게 피어나면
바위 기슭에 부서지는 물보라
파도야 어쩌란 말인지

나의 산티아고 길에서
시월의 마지막 날
띄워 보낸다

송도 해수욕장

- 부산

바다도 도시가 궁금해
도로변 가까이 와서
칭얼거린다
대마도가 건너편인 바다에서
모래 사장 밟으면
파도가 밀려 와
발목을 핥는다

한반도의 남쪽 끝에 와서
노년의 한순간 따뜻한
위로를 받는다

가을이 남긴 명시

가을은 마지막 한 편의 명시를 남긴다
나뭇잎마다
가슴에 간직한 시어를 토해낸다

사람은 그들의 시편 앞에서
감탄사를 연발한다
지는 햇살의 조명을 받고
단풍이 더욱 빛난다

발길을 멈추고
단풍 바다에
풍덩 빠져 든다

허수아비의 노래

추수가 끝난 들녘
논두렁에 서 있는
우스꽝스런 녀석들
아직도 새들을 혼내겠다고
허세를 부리는 일도 지겨워

이제 나를 찾고 싶다
찬 바람이 스쳐가며 비웃는다
쓸데없는 위엄 부리지 말고
그냥 바보처럼 살라 한다

그래 맞아
똑똑이들만 넘치는 세상
우리처럼 언제나 바보 행세로
살아가는 것도 좋은 거야

남이섬의 가을

강물 길 따라 걷는다
메타세쿼이아 가로수 길에
연인들의 사랑이 낙엽으로 깔린다
은행잎 노오란 카페트가
차곡차곡 쌓인다
붉은 심장으로 타는 단풍잎들
사랑은 영원하다고 속삭인다

사색에 잠긴 강물에
단풍의 밀어가 흐르는
강가 벤치에 앉아
이대로 며칠쯤 실종되고 싶다

가을 숲

해가 서산에 질 때마다
노을 단풍을 남기고
가을 숲마다
눈부신 풍경이다

어김없이 하루가 피었다 지고
계절의 사계는 오가고
인생의 황혼 녘도 다가온다

자연은 인간을 향해
제발 아름다운 모습으로 살다 가라고
저렇듯 단풍의 메시지를 전한다

낙엽 비 맞으며

은행나무 가로수 길에
낙엽 비가 쏟아진다
옷은 젖지 않는데
마음은 흠뻑 젖는다

가야 할 때를 알고
주저 없이 떠나는 그들
어쩌면 조금도 두려움이 없다
지나가는 차량 바퀴에
몸이 으스러져도
신음 한 번 내지 않는다

시작만 아름다운 게 아니라
마지막도 그러해야 한다
덧없이 사라지는 존재
우리도 어김없이
바람 한 줄기에
낙엽처럼 사라질테니까

마른 갈대숲 앞에서

초록이 지워진 두물머리 강가에서
마른 갈대숲의 신음소리를 듣는다
산발한 머리칼 바람에 날리면
솜털 씨앗들
서둘러 정처 없이 떠난다
지나간 추억을 가슴에 품고
합창하는 그들
쓸쓸한 뒷모습만 남긴다

가까운 이 지내고 있는
요양원 면회 다녀와
노년의 시든 삶
갈대숲처럼 서걱대는
외로움
겨우 뿌리치며 돌아섰다

망월동

5.18 아픈 역사를 간직한
그날로부터 45년
다시 추석은 돌아오고
삼 형제가 묘소 앞에서
고갤 숙인다
노년의 정류장에 머물러
살아가고 있는 자식들
남은 세상 잘 마무리하고
하늘나라에서 만나 뵙겠다고 다짐한다

2주기를 맞이하는 둘째 형님의 묘소 앞에서
인생 나그네길의 덧없음을 알리는 듯
망월동 골짝을 뒤덮은
망자들의 침묵만
갈바람에 흐느낀다

영수정의 노거수

물속 아름드리 느티나무
종갓집 대감처럼 나에게
헛기침한다
청소년 시절부터 눈에 익은
그 나무
여전히 물속의 그림자
그윽하다

어린 시절 친구들과 멱감고
놀던 저수지
물에 빠져 죽을뻔한 기억도 나는데
칠순 노인 되어 찾아오니
참 잘 살았구나
칭찬 섞인 한 말씀
들려 온다

이 모습 이대로

한 해가 바뀔 때마다
해돋이 명소를 찾는 사람들
여러 소원을 빌고
새로운 다짐을 하고

안방에 앉아
화면 속 새해 풍경에도
나는 나이 탓인지
그냥 덤덤해졌다

더는 특별한 소망 없고
이 모습 이대로
무탈하게 지내다가
천상병 시인처럼 귀천하고 싶다

자유 민주 정의를 위한 삶

조시 - 고 조인형 원로 장로 (영세교회)

을사년 새해가 시작되는 하얀 겨울
바람결에 눈송이 날리듯
우리 곁을 훌쩍 떠나신 고 조인형 장로님
황망한 마음 어찌하지 못하고
여기 모인 영세 성도들
깊은 애도 속 슬픔을 추스립니다
임이여
인생 나그네길 84년 동안
언제나 믿음의 본을 보여 주시고
겸손한 자세로 따뜻한 미소로
성도들을 대하여 주셨습니다
교회 학교 중등부 부장님으로 섬기시는 동안
여름 수련회 때 학생들의 그릇된 행동에도
애야 괜찮다 다 나 때문이다 자책하시며
스스로 종아리를 걷어 자신에게
회초리를 치던 모습이 눈에 선합니다
사랑의 천국방언을 몸소 실천하셨습니다

대학 강단에서 역사학 교수로 강의할 때나
퇴직후에도 오로지 불의에 맞서고
정의와 자유 민주주의를 부르짖었습니다
4.19 혁명 기념 사업회와 북한 동포 사랑 선교회에
열정을 쏟으시고 기회 있을 때마다
신문사 잡지 언론 매체에 나라 사랑 기고문을
꾸준히 발표하셨습니다
이제 다시 뵈올 수 없지만
천국에서 다시 만날 소망이 있기에
우리는 위로를 받습니다
임이여
독재 정권에 항거한 우리의 4.19 민주 동지들과 함께
이제 편안하게 잠드시고
이 나라와 민족을 위해 한국교회를 위해
그곳에서도 변함없이 기도하여 주소서
사도 바울의 고백처럼 달려갈 길 마치고
믿음을 지키셨으니
하늘나라에서 영원한 안식을 누리소서

고 조인형 장로님
사랑합니다 존경합니다
그동안 우리 성도들과 함께 해주서 감사합니다.